Inhalt

Beim Monsterfrühstück

„Du siehst grüner aus als sonst,
Oskar!“,
sagt Oma Grusnelda besorgt.
„Was ist los mit dir?“
„Nichts“, sagt Oskar
und starrt trübsinnig vor sich hin.
Die anderen Vampire
sind längst fertig
mit dem Mitternachtsfrühstück.

Aber Oskar hat den ganzen Tag
schlecht geschlafen
und überhaupt keinen Appetit.
Lustlos schiebt er die Schüssel
mit den Knochen-Crossies
von sich weg und sagt:
„Hab keinen Hunger!“
„So wird nie
ein ordentlicher Vampir
aus dir!“, sagt Papa Drachul.
„Ich will kein ordentlicher Vampir
werden“, sagt Oskar trotzig
und steht auf.
„Ich will immer ein unordentlicher
Schlampir bleiben!“
Mit finsterer Miene stapft er davon.
Er will allein sein. Sonst nichts.

Der Mondscheinausflug

Der Mond scheint silbern
und kugelrund.
Er lockt Oskar aus dem Haus.
Ganz allein steigt er
die Treppe zum Dach
von Schloss Fledereck hinauf
und klettert durch die Dachluke.

Dann sieht er zum Mond hinauf
und denkt daran, wie er vor Kurzem
mit seiner Freundin Vampy
auf der Moosbank zwischen
den Schornsteinen gesessen hat.

Er hat sie mit seinem Umhang
vor dem Nachtwind beschützt
und sie hat den Arm um ihn gelegt,
sodass ihm ganz warm wurde.
Und dann hat er sie geküsst!

Er starrt so lange in den Mond,
bis er glaubt, Vampys Umrisse
darin zu erkennen.
Nun, vielleicht sieht Vampy
im fernen Transsilvanien
auch gerade in den Mond?

Oskars Freundin Vampy
ist von Oberlehrer Vampus
überraschend acht Wochen
zum Schüleraustausch
nach Transsilvanien
geschickt worden.
Ach, denkt Oskar,
wie ich sie
vermisse.

Eine Wolke schiebt sich
vor den Mond.
Es ist, als habe jemand
das Licht ausgeknipst.
Oskar beginnt zu frieren.
Deshalb klettert er wieder
vom Dach herunter.

Keine Lust auf Monsterfußball

Als Oskar auf den Burghof kommt,
spielen dort
die Gnome vom Gruselberg gegen
die Gruftis von Fledereck Fußball.
„Kannst du einspringen, Oskar?“,
ruft Torwart Ignaz von Fledereck,
als er Oskar entdeckt.
„Uns fehlt ein Mann!
Stinkfuß hat sich
den Knöchel verknackst.“

„Tut mir leid!“, schwindelt Oskar.
„Hab mir gerade beim Klettern
das Knie verrenkt!“
Er hat einfach keine Lust.
Und dann stapft er
die 139 Treppen hinauf
in seine Turmkammer.

In der Turmkammer

Richtig gemütlich ist es
in Oskars Turmzimmer.
Und total unordentlich.
Da findet selbst Oskar nichts mehr.
Nicht einmal sein Kuschelkissen.
Normalerweise macht ihm
das Suchen Spaß.
Aber heute nervt es ihn.

Er wirft sich auf die Matratze.
Eine kleine Maus rennt
erschrocken davon.
Oskar schiebt die Nase
in seinen Ellbogen
und dann schläft er ein
und träumt sich
nach Transsilvanien.
Draußen graut der Morgen.

Luftpost für Oskar

Noch ehe die Sonne aufgeht,
klopft es am Fenster.
Verwirrt reibt sich Oskar die Augen.
Er sieht einen Schatten
an der trüben Fensterscheibe.
„Luftpost für Oskar Schlampir!“,
ruft eine schrille, hohe Stimme.

Oskar steht auf
und öffnet das Fenster.
„Na endlich“, fiept die Fledermaus.
„Muss gleich weiter.
Bald geht die Sonne auf!“
Sie schiebt ihm einen Brief hin.
„Post aus Transsilvanien?“,
fragt Oskar gespannt.
„Genau!“, ruft die Fledermaus
mit ihrer hohen Stimme.
„Ein weiter Weg,
wenn man nicht
mit dem Hexenexpress fährt!
Aber wir fliegen mit Ultraschall!
Das ist auch ganz schön schnell.“
Sie kichert und flattert
in den Morgenhimmel hinaus.

Oskars Herz schlägt bis zum Hals,
als er den Brief aufrollt.
Er ist von Vampy!

Lieber Oskar,

wie geht es dir? Mir geht es gut. Heute ist Vollmond und da denke ich besonders an dich. Ich will dir erzählen, was beim letzten Vollmond alles passiert ist.

Oberlehrer Vampus hat mich um Mitternacht zum Hexenexpress nach Wolkenstein gebracht. Er hat gesagt, Vampire sollen das Beißen lernen und nicht das Küssen. Das Herz, das du für mich zum Abschied gemalt hast, hat er zerrissen.
„Vampire haben kein Herz!“, hat er gebrüllt. Was soll der Unsinn? Ich male hier ein neues Herz für dich!

Der Hexenexpress wird mit Windenergie betrieben. In rasender Geschwindigkeit flogen wir über den Wolken dahin. Bei der Landung in Draculstein war es ziemlich kalt. Die Burg liegt in einem Gebirgstal, das nur schwer zu erreichen ist. Ich war froh, dass du mir deine Decke mitgegeben hast. Sie ist warm und riecht so gut nach Schwefelfurz.

Ich habe mich mit einer kleinen Hexe aus der Hexenküche angefreundet. Sie hat mir erzählt, dass Graf Dracula im Augenblick nicht da ist, weil er einen Film in Hollywood dreht. Da war ich froh.

Ich kann es gar nicht erwarten, bis ich wieder zu Hause bin!

Liebe Grüße

Deine Vampy

Klar, dass Oskar jetzt
kein Auge mehr zumacht!
Er liest den Brief
fünfmal hintereinander.
Dann setzt er sich hin
und schreibt die Antwort.
Es ist der erste Brief
seines Lebens und der
ist nicht sehr lang.

Oskars Laune
bessert sich blitzartig.
Er legt den Brief
unter sein Kopfkissen
und schläft den ganzen Tag.
Abends nach dem Aufstehen
wirft er den Brief
in den Luftpostkasten
am Fledermausturm.

Oskars Laune bessert sich

Als Oskar
zum Mitternachtsfrühstück
in den alten Rittersaal kommt,
pfeift er vergnügt.
Er holt sich einen Teller
voll Monstermüsli mit Himbeeren
und isst ihn ratzfatz leer.

„Heute gefällst du mir
schon viel besser“,
grunzt Oma Grusnelda zufrieden.
Sie schielt
über den Rand ihrer Brille
und schlabbert
ihren Lakritzpudding.

„Mir gefällst du auch!“,
sagt Bissigunde
mit honigsüßer Stimme
und setzt sich neben Oskar.
„Bin gerade fertig!“,
sagt Oskar und springt auf.
Diese aufdringliche Bissigunde!

Oskar wischt seinen Mund
am Ärmel ab und läuft zum Fenster
des Rittersaals.
Er schiebt den Vorhang beiseite
und sieht in die Nacht hinaus.
Der Mond hat schon abgenommen,
aber der dunkle Schatten,
der wie Vampy aussieht,
ist immer noch zu erkennen.

Oskar ist unendlich verliebt

Oskar hat das Gefühl,
dass die Zeit kriecht
wie eine Schnecke.
Acht Wochen,
das ist zwei Vollmonde lang.
Eine Ewigkeit,
wenn man verliebt ist!

Eine Minute nach Mitternacht
macht er jeden Tag
einen Strich an die Wand.
56 Striche müssen es sein,
bis Vampy zurückkommt.
Das sind elf Fünfer-Päckchen
und ein einzelner Strich.
Die Wand über seiner Matratze
füllt sich nur langsam.

„Oskar, du sollst nicht träumen,
sondern rechnen!“,
schimpft Oberlehrer Vampus
eines Nachts in der Mathestunde
und zieht Oskar am Ohr.

„Ich habe gerechnet!“,
behauptet Oskar.
„Ich habe versucht auszurechnen,
wie viele Sterne
am Himmel stehen.“
„Das kann kein Vampir der Welt!“,
sagt Vampus.
„Ich hab’s aber herausgefunden“,
sagt Oskar.
„Unmöglich!“, knurrt Vampus.
„Es sind so viele
wie Wassertropfen
im Meer
oder wie Sandkörner
am Strand,
oder Sekunden in der Zeit,
wenn man wartet …“

„Sag eine Zahl“,
sagt Vampus mürrisch.
„Die Zahl heißt Unendlich!“,
seufzt Oskar.

„Die Zahl Unendlich kriegen wir
erst in der Oberstufe“,
knurrt Vampus ärgerlich
und fährt mit dem Unterricht fort.
„Heute lernen wir das 1 x 13!
Was ist 7 x 13, Oskar?“
„91!“, flüstert Bissigunde,
die immer alles weiß.
„91!“, sagt Oskar
und ist froh, dass es endlich
zur Pause klingelt.

Der Hexenexpress kommt!

Endlich ist es so weit!
Nur noch ein Tag,
dann kommt Vampy zurück.
Oskar schwebt wie auf Wolken.
„Was ist bloß los mit dir?“,
fragt Oma Grusnelda,
als sie ihm begegnet.
Sie schnüffelt
mit ihrer Monsternase.
„Sag bloß, du hast dir
die Haare gewaschen?
Und du hast frische Socken an?“
„Ich hatte einfach Lust dazu“, sagt
Oskar. „Weißt du, wo ich Besen
und Schrubber finde, Oma?“

„In der Folterkammer“, sagt Oma.
„Aber sag, wozu brauchst du
Besen und Schrubber?“
„Ich hab mein Zimmer aufgeräumt
und will den Dreck
aus den Ecken fegen“,
sagt Oskar.
„Bist du krank?“,
fragt Oma Grusnelda
und es fällt ihr
vor Staunen
fast die Brille
von der Nase.
„Nein“, sagt Oskar.
„Kerngesund!
Aber ein bisschen
verliebt.“

Kurz vor Mitternacht
klettert Oberlehrer Vampus
auf seinen Wolkenschlitten,
um seine Schülerin Vampy
vom Hexenbahnhof abzuholen.
„Darf ich mitkommen?“, ruft Oskar.
„Ich kann das Gepäck tragen!
Dann kriegen Sie
keinen Hexenschuss.“
„Steig schon auf, du Lümmel!“,
brummt Vampus.

Der Schlitten wackelt und holpert
über die Wolkenstraße.
„Tut mir leid.
Ich hab ihn gebraucht gekauft,
vom Weihnachtsmann“,
entschuldigt sich Vampus
und lächelt.
Na ja, eigentlich ist es mehr
ein Grinsen.

Als Vampus und Oskar
am Bahnhof ankommen,
hört man in der Ferne
schon das Fauchen
des Zuges.

„Einfahrt hat der Hexenexpress
aus Transsilvanien“,
meldet sich eine Geisterstimme
aus dem Lautsprecher.
„Bis zur Weiterfahrt nach Xanten
bitte Vorsicht
an den Bahnsteigkanten!“

Und dann bohren sich
am Ende des Bahnsteigs
schon die drei Scheinwerfer
der Lok durch die Nebelwand.
Fast geräuschlos hält der Zug.
Die Tür fliegt auf.
Die ersten Reisenden steigen aus.
„Vampy!“, ruft Oskar
und breitet seine Arme aus.

Er will ihr um den Hals fallen
und tausend tolle Sachen sagen.
Aber dann ist sein Hals
wie zugeschnürt und er sagt nur:
„Schön, dass du wieder da bist.
Darf ich deinen Koffer tragen?“

Als sie nebeneinander
im Wolkenschlitten sitzen,
legt Oskar seinen Arm um Vampy –
damit sie nicht herausfällt.

Sie sieht ihn an und lacht
und zum Schluss
gibt sie ihm einen …

Ursel Scheffler stammt aus Nürnberg. Als Kind wollte sie am liebsten Detektivin oder Urwaldforscherin werden, aber dann studierte sie doch lieber Sprachen und Literatur in Erlangen und München. Seit 1977 lebt sie in Hamburg. Die beliebte Kinderbuchautorin hat bis heute rund 300 Bücher veröffentlicht, die in über 28 Sprachen übersetzt worden sind. Mehr über Ursel Scheffler kann man unter www.scheffler-web.de erfahren.

Jutta Timm wurde in Cuxhaven geboren. Nach dem Studium war sie zunächst als Werbegrafikerin tätig, bis sie sich 1983 auf die Illustration verlegte.
Sie illustrierte nicht nur zahlreiche Kinderbücher, sondern zeichnete auch fürs Kinderfernsehen, u. a. für die ZDF Serie „Siebenstein“.
Für ihre Arbeit erhielt Jutta Timm zahlreiche Preise, darunter den UNICEF-Preis und den amerikanischen Kinderbuchpreis North-South-Books. Sie lebt heute in Hamburg.

Leserätsel

mit dem Leseraben

Super, du hast das ganze Buch geschafft! Hast du die Geschichte ganz genau gelesen? Der Leserabe hat sich ein paar spannende Rätsel für echte Lese-Detektive ausgedacht. Mal sehen, ob du die Fragen beantworten kannst. Wenn nicht, lies einfach noch mal auf den Seiten nach. Wenn du die richtigen Antwortbuchstaben in die Kästchen auf Seite 42 eingesetzt hast, bekommst du das Lösungswort.

Fragen zur Geschichte

1. Wo steckt Oskars Freundin Vampy? (Seite 8)
U: Beim Sommerurlaub in Amerika.
V: Beim Schüleraustausch in Transsilvanien.

2. Wie sieht es in Oskars Turmzimmer aus? (Seite 12)
E: Es ist ordentlich aufgeräumt.
O: Es ist total unordentlich.

3. Wer bringt Oskar Vampys Brief? (Seite 15)

L : Eine Fledermaus.

G : Eine Brieftaube.

4. Was isst Oskar zum Mitternachtsfrühstück? (Seite 20)

W : Krötenschleim mit Haferflocken.

O : Monstermüsli mit Himbeeren.

5. Wie zählt Oskar die Tage, bis Vampy zurückkommt? (Seite 25)

N : Er macht jede Nacht einen Strich an die Wand über seinem Bett.

P : Er streicht die Tage in seinem Kalender an.

6. Wem hat Oberlehrer Vampus seinen Wolkenschlitten abgekauft? (Seite 33)

D : Dem Weihnachtsmann.

K : Knecht Ruprecht.

Lösungswort:

1	2	L	3	M	4	5	6

Rabenpost

Super, alles richtig gemacht! Jetzt wird es Zeit für die RABENPOST.
Schicke dem LESERABEN einfach eine Karte mit dem richtigen Lösungswort. Oder schreib eine E-Mail.
Wir verlosen jeden Monat 10 Buchpakete unter den Einsendern!

An den LESERABEN
RABENPOST
Postfach 20 07
88 190 Ravensburg
Deutschland

leserabe@ravensburger.de
Besuche mich doch mal auf meiner Webseite:
www.leserabe.de